Kotter Editorial
2021

Dois

coordenação editorial
Sálvio Nienkötter

editor executivo
Claudecir de Oliveira Rocha

editores-adjuntos
Daniel Osiecki | Francieli Cunico

capa | projeto gráfico
Paula Villa Nova

produção
Cristiane Nienkötter

Dados Internacionais de Catalogação na Publicação (CIP)
Angélica Llacqua CRB-8/7057

Vieira, Vander
Dois | Vander Vieira
Curitiba: Kotter Editorial, 2021.
84 p.

ISBN 978-65-89624-55-4

1. Poesia brasileira I. Título "Dois"

CDD B869.1
21-2543

Kotter Editorial
Rua das Cerejeiras, 194
82700-510 | Curitiba/PR
+55 41 3585-5161
www.kotter.com.br | contato@kotter.com.br

1ª edição
2021

Vander Vieira
Dois

Índice

E eu pensei no Casemiro de Abreu, que disse:
"Ri criança. A vida é bela".
Só se fosse boa naquele tempo.
Porque agora a época
está apropriada para dizer:
"Chora criança. A vida é amarga".

Carolina de Jesus

"com este poema não tomarás o poder" diz
"com estes versos não farás a Revolução" diz
"nem com milhares de versos farás a Revolução" diz
senta-se à mesa e escreve

Juan Gelman

Cresci sob um teto sossegado,
meu sonho era um pequenino sonho meu.
Na ciência dos cuidados fui treinado.
Agora, entre meu ser e o ser alheio
a linha de fronteira se rompeu.

Waly Salomão

TODAS AS BARREIRAS FORAM ULTRAPASSADAS

Chegou um tempo em que não adianta morrer

Carlos Drummond de Andrade

Todas as barreiras foram ultrapassadas:
são poucos os casebres que mantêm a porta aberta
e são muitas as janelas e os cadeados,
(placas de cão bravo penduradas, outras placas rasgadas
[pelas passeatas).

São poucas as paragens que ainda não foram tomadas
pelo vento que sorve e tritura,
pela chuva que molha e invade — desconvidada —
as portas abertas que mantêm casebres tão pouco
[habitáveis.

São inúmeros os corações dilacerados — não estamos sendo
[românticos,
falamos dos corações em chamas, tomados, pela falta
do que não pode ser superado, pela ausência do mínimo
(humano) cuidado —, o que fecundará — saiba de
[antemão! — ainda mais cadeados.

Todas as possíveis lamúrias, as cativas ou as públicas,
as que vêm em gotas ou as calcadas no medo — aquele
[medo vendido ao quilo,
nos palanques, nos comícios —, todas indicam os já
[anunciados precipícios:
portas fechadas, janelas e cadeados, helicópteros.

Todas as barreiras foram ultrapassadas.

NÃO HÁ TRÂNSITO

Não há trânsito.
As pessoas estão paradas
e emparedadas em
seus carros-casa
à espera do carnaval do ano que vem.
Os carros já ganharam
seus prédios multifacetados
de oito mil lugares
ao lado da marquise
da praça central —
onde jazem os mendigos
e as crianças de famílias
arrebentadas.
Esses rebentos, dentro em breve,
serão os detentos das
prisões medievais mantidas
por um sistema idiocrata,
esse que não mata na barriga,
mata em casa ou na calçada,
mata Cláudia, mata Herzog,
mata João Pedro e Jango, ocultando
a cada dia os seus cadáveres,

preferencialmente
os de pele preta ou parda.
Essa gente tão bem-educada,
com seus quitutes e artefatos
gourmetizados,
se esquece, entretanto,
do chão da terra,
do chão da fábrica,
dos sem-reboco que compõem
nossas cidades,
os mesmos que você e eu,
a cada dia,
não vemos: os sem-face.
Destarte,
não há trânsito,
não há trincheiras abertas
que nos permitam ir e vir,
não há terra demarcada
nem reforma agrária,
e em casa, à despeito de sua vocação
contestatória, se trancam
as gays e as travestis,
com medo das lâmpadas
e das navalhas —
sobretudo das navalhas que
cortam laços
sem derramar sangue.

Sem trânsito, sem passos,
sem voz e sangue,
chegará o dia
do apocalipse.
Nós, sedentos
em se tornar gente tão bem-educada,
em ter carro,
em ser máquina,
não seremos mais pés,
não teremos morada.

METADE DOS SUICÍDIOS SERIAM EVITADOS

Metade dos suicídios seriam evitados
se, dos ouvidos da plateia,
jorrassem falas menos estreitas
(gestos não tão ríspidos):
com pormenores devidamente
debatidos, poderíamos, quiçá,
dar antes os ombros que a sentença;
guardar a ida às vias de fato
para o que importa de verdade:
os direitos, a morada, os amores.
para o que importa de verdade:
mandar às favas as mariposas
que roubam o pão minguado
dos que não tem pão, reboco e carne.

Metade dos suicídios seriam, assim, evitados;
para a outra metade, estenderíamos tapetes
de todas as cores, tapetes e abraços.
isso, claro, em um mundo sem bolsa de valores.

TODOS OS PRÉDIOS GUARDAM MEDO

A carne mais barata do mercado é a carne negra
na voz de Elza Soares

Todos os prédios guardam medo:
em cada grade dos condomínios, em cada grampo,
nos trejeitos dos moradores sempre rodeados
por fechaduras e cadeados,
nas câmeras de segurança patrimonial
e na valentia dos seus eficientes seguranças patrimoniais,
nas entradas dos elevadores e do centro comercial.
Enfim e em tudo isso, o que se vê
são os indícios do precipício:
o medo vendido ao quilo, o medo distribuído
em cada vestido de grife,
nos saltos altos das madames e nos carros caros dos
[senhores,
nos lares adoráveis que abarcam e escondem
tantas pessoas desprezíveis, que escondem
mulheres famintas, violentadas e desiludidas,
onde se escondem homens escrotos,

pretensos filantropos que nos devolvem nada mais
[que o troco
da riqueza que o nosso suor lhes propicia.
Em todos esses prédios cheios de covardes risíveis,
meus amigos, paira
a paúra de que os edifícios estão a ruir, visíveis:
um medo de que todos os outros, um dia iguais,
possam deixar te der medo;
um medo de que todos os outros, que não são vocês,
possam ter, um dia, a sua vez:
de viver em um país onde lâmpadas, fuzis, chicotes
[e cicatrizes
possam ser coisa do passado;
de viver em um país onde negros e índios, integrados
[e respeitados,
sejam parte, e não estejam, ao contrário, à míngua e à parte.

Disso, todos nós sabemos os indícios:
os prédios todos guardam medo!
E nossa tarefa é anunciar: a volta do cipó de aroeira
[no lombo de quem mandou dar!

O PÁSSARO

Quando, na gaiola,
o pássaro canta,
ele, na verdade, chora.
Esse descanto que chora,
se ri ou se ria, saiba:
pura melancolia.
Pois, o que cantar?
O que sorrir? Se ali
há grade e só,
sem janelas e sem encanto.
Se dali avista
os voos dos seus camaradas,
do poente à alvorada,
avista e pia, o pássaro,
ao ver o cair da chuva,
taciturno,
sem-abraços.

Assim ele canta: chora,
quando há verdade na gaiola.

O PESO DAS HORAS (OU SÃO OS ABALOS QUE MOVEM A TERRA)

São esses tempos de veneno e água salobra,
tempo de ferrugem, pedras e facas afiadas —
os veículos cotidianamente apressados,
assim como as facas afiadas desafiam a carne, os dias,
as veias, o sal que congestiona as veias,
os dentes alvos e extenuados que, calados,
trituram o sal, os homens e seus membros.

São essas horas de silêncio e lodo, horas de extremada
contração de nervos e dentes — estupor diário
dos mesmos veículos apressados (vagando pelas ruas,
deitando-se em seus prédios multifacetados),
de notívagas rodas tão cansadas do seu fado,
de suas violentas rotas que, em contínuo desalinho, não mais
conduzem sonhos pelas estradas.

São esses dias descompassados — com seus tempos e horas
se perdendo pelo caminho — que engendram passos, que nos
mostram *as largas clareiras*, as vezes mortas, as vezes fartas,
e nos consagram, nos integram, nos abalam — e são os abalos
que movem a terra.

VIVEREMOS CALADOS EM MEIO ÀS REPRESAS QUE SE PARTEM?

Para as coisas que há de pior,
a gente não alcança fechar as portas.
João Guimarães Rosa

Enquanto a terra nos dá o sonho, o pão e os motivos
[necessários
para mais um dia — mesmo que isso não signifique mais do que
a diária e covarde vontade de não mais sentir, de maldizer a
[nossa lida —,
lhe damos de volta — lhe damos em troca —
ódio, mercúrio, pesticidas, faces sem pudor,
risos escancarados rodeados por lagostas e taças de champagne.
Desenhamos sobre chãos prenhes de vida — enquanto a
[terra nos dá
o sonho de um dia possuí-la — os riscos tortos que não mais
[saciam
aqueles que — cansados, sem reboque — o rabiscam,
que não mais saciam aqueles que suam sangue
em nome dos que mantém os pés climatizados.
A despeito da mãe que verte o peito em praça pública,
da mãe que mostra a todos o seu malfadado destino —

escrito em mesas brancas, olhares e corações inertes pelo
[caminho —,
os mesmos pés mantêm os dedos aquecidos e as unhas
[cortadas,
e os mesmos pés mantêm, descalços, os mesmos calos e buracos.
Há palhaços esquecidos pelas estradas,
há destroços de solo e homens que perderam a batalha,
há flechas sem endereço e caciques destronados, humildes casas,
fotos sem cor — amordaçadas —,
rostos sem esperança, em desalinho: até buscaria o silêncio,
não fossem as correntes que insistem em gritar dentro de mim:

viveremos calados em meio às represas que se partem?

ELES

Sua única consolação será a de serem homens
Alain Mabanckou

Não encontramos o ouro,
perdemos os dentes e a viagem,
perdemos o ouro, a prata e o que restava
das caravanas,
não temos o sol, não temos morada,
perdemos as velas que nossos antepassados
usavam para acender a selva,
perdemos os chicotes que os seus respectivos
capitães
usavam para cercear o gado e a gente,
enfim, perdemos os palanques e perdemos os comícios,
o que nos sobra — além da prata, das armas e dos livros —:

cartões de crédito ilimitados e as fechaduras trancadas por
[dentro.

ELES, ELES

Não encontramos o ouro,
perdemos os dentes e a viagem,
perdemos o ouro e o que restava
das caravanas,
não temos o sol e tampouco morada,
não temos as velas dos nossos antepassados,
não temos as velas que nossos antepassados
acendiam quando se perdiam da mão de Deus,
ou quando, guiados por Ele, acendiam
os casebres de palha e pau-a-pique
dos morros cariocas ou de Palmares.
Não temos! Não temos! Não temos!

Perdidos, o que nos resta é ocupar todos os espaços
[institucionais!

ELES DIZEM, O TEMPO TODO

Não encontramos *Eldorado*,
perdemos os dentes e a viagem,
perdemos o parco ouro, os cavalos e o que restava
da humanidade que nunca tivemos;
não temos o desejado sol e faltam-nos traços de nascença:
temos exércitos, moeda, gado e computadores;
não temos carícias, não temos temores e
banheiros exclusivos:
temos lugar na fila, igrejas e as batalhas vencidas
desde o batizado —
nossos antepassados, bons cristãos,
nos ensinaram o caminho para redimirmos nossos pecados.
trocamos nossa culpa e vergonha,
por mapas e sangue,
logo antes de aprendermos a tomar banho:

foi quando pensamos que já era muito para se aprender com
[os humanos.

REGE CADA DIA

Rege cada dia
com vistas ao tardar do dia:
lista de sonhos na mão:
arar a terra, cultivar o peito, preservar a lida:
fartar-se do vinho e banhar-se na glória.

Rege cada dia
com vistas ao tardar do dia.

DEUS DÁ O FRIO CONFORME O ENDEREÇO

Eu sei, você sabe o que é frustração:
máquina de fazer vilão
Mano Brown

Cada uma dessas gotas
antecipa o desastre já esperado:
prédios ruídos, famintos sem face
sob a Ponte da Passagem, lares divididos,
medo, choro, frases inteiras natimortas:
tantos sonhos destruídos,
tantas rotas congestionadas, inúmeras
vielas retendo — em uníssono — os gritos,
as vozes, os negros e os silêncios — sobretudo
retendo os negros
e os silêncios — de mães despedaçadas
enredadas em mútuo desespero.

Mas, calmemos,
deus dá o frio conforme o endereço.

A AUSÊNCIA DE ARQUITETOS

I

A ausência de arquitetos —
ela, não-dispondo,
eles, não-estando —
produz ângulos retos,
paralelamente bem-dispostos:
quadrados-retângulos, retângulos-ossos.

A ausência de arquitetos —
ela, aliás, provoca
outros tipos de não-acesso —
promove ainda um fechamento,
o da porta da casa grande:
cacos de vidro para os pedintes,
cadeados aos do-casebre.

II

Cadeados que a guardam ampla,
casa-caracol não explorada:
das que choram durante a noite
um choro breve, quase-metade:

Vento que de fora não se ouve,
fotografia de família na parede,
prantos rondam suas estruturas —
lhe falta a curva: casa-parada.

NÃO

sabes que em cada coração de negro
há um quilombo pulsando
em cada barraco
outro palmares crepita

Abdias Nascimento

Não haveria mais sentido se a luta estivesse vencida:
será preciso remar, será preciso retirar,
pouco a pouco, a água
que invade nossa embarcação e nos embaça a vista.

Não haverá horas tranquilas pelos próximos carnavais:
será preciso rever, será preciso queimar,
um por um, os valores
que nos atravancam, violentos, e nos embaçam a vista.

Não deveria haver sono justo para os que nos matam,
à luz do dia, dia e noite, aos que condenam
os mesmos corpos, os de sempre,
os mesmos corpos que sabemos bem a proveniência.

Não deveria haver sentido na polifonia de nomes
que dizem o mesmo, que apontam,
você e eu sabemos, para a margem:
chamem-na favela, quilombo, cadeia ou África.

Não deveria, não deverá: clarões no céu anunciarão,
e, das bocas dos profetas, dos falsários e
dos homens de bem, sairão gritos
que não serão ouvidos, e aos que pisam e se esquecem:

Não haverá capela ou panóplia que os proteja do que nasceu
nos fundos dos navios, do que renasce nas cozinhas
dos mais modernos edifícios: sairão gritos
que não serão ouvidos, sairão gritos que não terão perdão.

COISA SABIDA

As manchetes e os poemas — coisa sabida
das bibliotecas às barbearias —
não mostram as pegadas, os vestígios do que se esconde
em cada canto, em cada cova, em cada casa:
cidades-baixas, palafitas sobrepostas às correntes
condenadas à seca, sobrepostas aos solos
que se recusam a morrer,
mesmo com a faca e o balde, noite e dia à espreita,
mesmo com o pescoço pendendo à futura indigência:

estradas, caminhões, paradas noturnas,
transeuntes bem ou mal alimentados,
as putas, as travestis e os alcoolistas
todos emaranhados na mesma teia,
todos igualmente rumando ao precipício
enquanto poetas e jornalistas, mentirosos, fingidores,
não mostrarão nem os indícios, nem as pegadas — coisa
[sabida —
do que se esconde em cada página não publicada.

AS VEREDAS NÃO SE CANSAM DO SEU FADO

Cantavam que teus peitos chegaram certa tarde
com uma escolta de horizontes

Juan Gelman

As veredas não se cansam do seu fado:
ora leite morno, ora leite ralo —
pedras afiadas, pedras indigestas.
Os olhos não se esquecem das noites infindas,
os olhos nunca se esquecem — dos fatos,
das pedras indigestas, pedras afiadas.
Das infindas noites de vigília e mágoa,
os oceanos seriam pouco, os rios seriam nada —
o caminho é o mesmo, são os mesmos os passos.

Enquanto o peito, os cântaros e os pássaros
se abrem como o sol nas prováveis alvoradas,
as veredas não se cansam do seu fado:
ora leite morno, mãos entrelaçadas,
ora pedra afiada, água turva, barro.

DEIXO-TE EM TESTAMENTO UM DURADOURO AMOR ENSANGUENTADO

Só este abundantíssimo pombo
emaranhou-se em nós até agora
e nos deixou em testamento
um duradouro amor ensanguentado

Pablo Neruda

Deixo-te em testamento um duradouro amor ensanguentado
desses que se calam à espreita da chance vindoura,
do tão aguardado porvir que nos mantém — resignados —
[com os joelhos feridos e as mãos erguidas em direção
ao altíssimo: não consigo saber,
mas, entretanto, tenho a certeza
de que nossos joelhos continuam feridos
e nossas gargantas — ainda mais humilhadas —, paupérrimas;
Deixo-te em testamento uma malograda esperança,
essa triste e imperativa companheira dos que têm sangue,
concubina intratável dos pessimistas, que pouco nos diferencia
do bicho e seu olhar distante a caminho do abate,
do cão tolerado pela gerência que espera, noite e dia,
os restos parcos dos vigias.

Deixo-te em testamento, um duradouro amor ensanguentado,
esse triste e imperativo companheiro dos que têm sangue,
intratável proxeneta dos pessimistas,
que pouco nos diferencia dos cães mansos
tolerados pelos vigias, do bicho e seu olhar distante
a caminho do abate, à espera dos restos podres da gerência;
Deixo-te em testamento uma esperança malograda,
dessas que se calam à espreita da chance vindoura,
do tão aguardado porvir que nos mantém — resignados —
com os joelhos feridos e as mãos erguidas em direção ao
altíssimo:
tenho a certeza de que nossos joelhos continuam humilhados
e nossas gargantas — em desespero — ainda mais feridas.

NAVEGAR É PRECISO?

À transparência só sei / de sofrer
planta que trato / com tanto cuidado
Maria Teresa Horta

Há algo mais que eu possa fazer por nosso dia?
Ainda há esperança para nossas intermináveis noites?
Houve um tempo em que, com relógios parados
(talvez quebrados), pensávamos que alcançaríamos
o mar. Sim, o mar.
Depois de braçadas e léguas marítimas infindas, cansados,
vimos que não havia mar, apenas o oceano;
percebemos — ainda juntos? — que nossos braços, humanos,
eram incapazes de tamanho peso — tal oceano
pesava toneladas, sobretudo, depois da chuva que, a caminho,
nos assolara —, percebemos que a nossos braços
restavam poucas remadas.
Não sabíamos o que era se afogar; não sabíamos — ó pecado
dos viajantes sem farol — que o vento não se guia a gritos
[e sussurros,
tampouco a desespero.
O vento, seco, sem alarde e arrebol, empurra o que em nós
[é medo:

se dele dependermos — ó sorte horrenda, ó engenho de
[sangue —
é porque, mambembes, não sabemos onde pousar ou,
ao contrário, a certeza de tanto mar, tanto mar,
nos tornou cegos para a tarefa precisa e árdua
de navegar.

IRENE

Eu perco o sono, Irene,
a cada vez que você me bate à porta
na cara, a cada vez que, sonâmbula,
você me chama de Jorge,
Eustáquio ou Alfredo.
São facadas, Irene, e é você quem
as empunha, retas, tesas, sedentas
do meu sangue.
Eu quero que você saiba que desse jeito
inconsequente você me mata.
Eu quero que você saiba que suas palavras
cortam mais que mil navalhas.
Eu quero que você saiba, Irene,
que ou você me leva pra casa
ou você me deixa no ralo —
em ambos os casos eu serei perfurado:
ou na sua cama, nu: sem-casa,
ou ouvindo, sozinho, aquele velho disco do Sampaio.

PONTES NECESSÁRIAS

O mundo não posso mudar —
deixa-me sacudir a areia
das tuas sandálias

Casimiro de Brito

Eu ainda não sei ao certo, mas até o cair da noite
terei construído todos os argumentos necessários
— as pontes,
necessárias —
para que desistas de me deixar.

Peço-lhe (segurando o grito que se cala diante da tua presença):
a noite já me anda tão distante,
não faça o mesmo com as tuas pernas,
com o teu calor, com os teus poemas (engulo o grito
que pende do teu desprezo, grito-mudo, quase-medo).

Se já não entendo das engenharias, dos teares e dos enredos,
se em poucos gestos demonstro, exposto, a minha toada,
então o desencontro vem apenas da tua palavra,
pois de minha boca e de meu peito
um grito-mudo (quase-inteiro) pede: faça morada.

QUERÊNCIA

eu te quero,
você me quer:
nós, nus, queremos.

KIND OF BLUES

Passou o inverno, voltamos à rotina
dura que nos separa das pedras
e nos assemelha as máquinas.
Não fosse a faculdade de ter coração
a prenderia em meu quarto:
eternamente
a amaria pro lado de cá da porta.
Do lado de lá eu deixaria os estudos,
o patrão, as ruas e os carros,
os bares, a livraria e a loja de discos.
Para afogarmos o tédio, consentiríamos a entrar
somente a luz do sol e umas doses de conhaque.
De calor e embriaguez despertaríamos
diariamente
com olhos sem pernas:
o sol crescendo, o álcool voando,
o amor se rindo, a cada vez

que voltasse nua a minha cama
em meio ao sem-fim do jazz.

ELA

Camila, fruta-madura
de tez azulada,
fruta-carícia
de vez em quando — e quanto —
muda, outras vezes: faca,
outras vezes vil, outras vezes Maga;
estrondo, recanto, fogo e estanho,
água e serpente, criança,
barro, cama e leme;
palavra proparoxítona
último
pássaro
vítima
enjaulada
dos meus despautérios,
última fonte que me deu estada,
última fera diante do meu caminho:
me geme, me treme, me morde,
me tira dos sonhos todos os espinhos:
amar alguém é dar murros
em pontas de facas
sentindo em cada gota de sangue

se fazer céu, se fazer chão
se fazer casa —
o primeiro e último desejo diário:
beber-te os olhos
tocar-te as ancas
botar-te inteira e viva
em meu peito: sua casa-morada.

POEMA DIÁRIO

Amor
minimalista:
gestos
          olhares
                    esboços.
Vegana
pantomima —
nunca carne
consumida.

PORCO, FRIO E EGOÍSTA

Foi-lhe dado a entender claramente que
não lhe bastava ser ganso para acreditar
que todos os gansos fossem iguais
Alejo Carpentier

Se um velho corpo, frio, quase sem vida, cai na pista
a multidão enfurecida, emocionada, não grita, não chama
[pela polícia
não fica estupefata, não pede ajuda para o médico que paira
[na calçada:
não há resposta à queda imediata de tal corpo meia-alma

se a pele do corpo calha de ser parda, de morrer de morte
[matada
ou de qualquer forma indireta de assassínio que o estado
[inventa a cada dia:
na fila da upa de madrugada ou nas mãos dos militares,
[depois de quarenta
horas semanais de trabalho entregue à mão de burocratas.

se um corpo velho — de cansaço e agonia — pede água
todas as vozes, em uníssono, bradam os velhos hinos das
[capelas ensanguentadas

todos vorazes em cima da carne recém desalmada, em cima
[da carne recém amputada:
o sangue que escorre nas ruas jaz em mãos que sabemos a
[morada:

onde um corpo porco, frio, egoísta, paira na calçada, mas
[bem-vestido:
ninguém vê, ninguém sente seu perfume de noite adentro e
[culpa mal curada,
seu disfarce e personagem corriqueiro para o que ninguém
[mais sabe nada:
com amor e paciência, pendem torres, oceanos, esplanadas

pendem torres, oceanos, esplanadas, e tal corpo ri porque
[não é sua essa desgraça

AQUELA NOITE

Que há de fazer de uma rosa
quem vive de navegar?
Cecília Meirelles

Ai, aquela noite...
Eu, sentindo mudo, nada disse: e foi-te
sem ouvir-me.
Antes, em meio a arroubos verborrágicos
eu tivesse tagarelado e declarado a ti
o meu imenso amor
em obtusas e lancinantes palavras sem-freio,
como o fazem os invasivos e os apaixonados
em seus estapafúrdios momentos-chave;
antes tivesse eu me jogado no chão de barro,
como o fazem os atores-de-teatro
com seus gestuais patéticos e exagerados,
e gritasse assim e dali,
que nem todas as distâncias ou palavras ou caretas
ou entraves ou hecatombes
e nem mesmo os deuses todos do olimpo
poderiam medir
o espaço destinado a ti dentro de mim —

nem mesmo os engenheiros agrimensores
da universidade federal de viçosa
teriam as aparelhagens necessárias
para medir estas paragens.
Nem toda a técnica, as divindades, os flanelinhas,
ministros do banco central ou motoboys
especialistas no entre-carros,
nem mesmo a literatura de cordel ou os engravatados
fazedores de sonetos.
Mas eu, sentido muito, mudo, sem-verbo,
nada disse: e foi-te
sem ouvir-me.

ARESTAS, CHAGAS E BULIDOS

A cada passo dado
um dado em falso passado
A cada rua vazia
um corpo a menos sem vida
De todo dia vazado
esvai-se o sangue, o osso
De toda hora vadia
a certeza de que nada resta:
nada resta além da certeza
de mais arestas, chagas, bulidos

De todo osso partido
pulula ódio da carne que o deixou desprotegido.

AGOSTO INFINITO

Por que, pela manhã,
teu nome como um aro
sai soando das ferrarias?

Pablo Neruda

Talvez o escuro venha dos seus olhos
seus próprios olhos
seus olhos próprios
sem os óculos
sem as cadeiras que jazem vazias
ainda à espera de seus ecos
junto aos cachorros
aos discos embalados
aos livros nunca lidos ou abertos
e aos papéis de enrolar fumo (os fumos sem metafísica).

Talvez a claridade venha dos seus olhos
seus olhos fechados
seus fecundos olhos
ainda vivos:
os olhos de sol — quando da chegada
os olhos de noite — quando da partida.

Todos os olhos do mundo verteram lágrimas dentro de mim,
indícios do inverno infinito
que se escondia em agosto:
o agosto da mordida fatal.
Todas as ausências têm agora um nome que nunca dormirá.
Só resta o sal e o tempo
além das pomadas cicatrizantes e
de uma dúvida ontológica:

se tudo o que eu dissesse
fossem oceanos
você me ouviria?

DESCAMINHO

A Luiz Antônio do Nascimento

São indigestas estas veredas:
pedras e facas cegas,
doses de pouco amor.
Se bifurcam para lá e para cá
e acolá não se bifurcam:
pedras e facas cegas,
meias palavras, conversa fiada.
Meias palavras,
densas ausências e pesadas
fraturas — passos e mais passos,
os mesmos rumores
e estilhaços:
pedras e facas cegas,
farpas na carne do dedo.
Sai ferido o sangue,
o coração sai em pedaços,
os membros inferiores, pâncreas
e fígado, todo um corpo
maltrapilho, quase sucumbindo:

pedras e facas cegas,
todo um corpo maltrapilho.
Sem riso pelas águas jogadas
escada a baixo,
as águas que não são de rio ou de mar,
as águas que já foram minhas águas
e não mais retornarão:
em meio aos escombros do corpo
e da casa,
pregos, cães dilacerados,
em meio aos escombros do corpo
e da casa.

Eu não colherei os frutos maduros
dos teus lábios
tampouco sentirei o teu pulmão
novamente colado ao meu:
por que diabos esperar a primavera
quando já não há mais dia?

APRENDE

Um rio precisa de muita água em fios
para que todos os poços se enfrasem.

João Cabral de Melo Neto

Lições para amanhã:
aprende que o teu filho
partilha contigo
esta terra
e este pão:
deixa desta terra para o teu rebento,
partilha com ele o teu pão;
vê que as estradas, diferente das palavras,
hão de acabar
se não houver pés que nela demorem.

Lições para hoje:
são bonitos os dias de chuva
assim como são bonitos
os dias de sol:
toma da chuva na cara,
dá tua planta ao temporal;
estende teu cabelo ao sol,

deixa teus ombros
guardarem o fogo e a constância do sol;
espera dele apenas o que lhe der,
pois são parcas as estradas —
dispensa o mau agouro
de se ter tantos dedos.

Lições para ontem:
esquece do leite derramado,
toma do leite morno,
de vaca viva;
aprende do leite derramado:
existe fonte, existe borda:
pula na fonte,
segura na borda;
lê as pegadas dos pés que
pisaram onde pisas —
pois deitamos nosso asfalto
nos caminhos de outrora.

Lê a estrada.
Decifra a chuva.
Aprende do filho.

OUTRAS ROTAS

Outras rotas —
que não as do teu toque.

Os mares (a longitude).

As marés,
as fugas impróprias.

Os loucos —
os que ousaram gritar —
serão sufocados pela terra?
como músculos atrofiados,
como vida sem dança?

Os outros, os outros...

Os outros dormem enquanto nós,
enquanto nós somos os culpados,
os eternos culpados.

Os mares e os loucos
também são culpados,
mas *os pés são intransferíveis.*

Cada passo em falso inaugura um novo desvio, outro mar, outro mar.

OSSOS DO OFÍCIO

Os ossos, quando partidos, buscam novas frestas —
apartados de seu lugar de ofício; dissimulando
o medo que os cultivam escondidos —, buscam arestas
onde possam dar vazão ao lodo pétreo
— cálcio enegrecido, sêmen natimorto —
que os mantinha recolhidos à espreita da chance vindoura,
do sinal do messias indeciso e tardio que os levaria à terra
[prometida:
à pele como porta-sinal do grande meio-dia;
à luz como porta-estandarte do ar,
que, rarefeito e bêbedo, nunca penetraria, de outro modo,
[os confins
escusos onde tais ossos — escondidos, ocupados em sua
[lida diária
que os sufoca e embaça a vista — jazem, em silêncio,
como os cães tolerados pelos vigias;
como as vigas coxas dos prédios em ruínas:
prédios que sabemos o destino: o chão;
prédios que aguentam firmes o passar dos anos: em vão.

O CINZA DA NEBLINA

O cinza da neblina não indica
o que será do dia,
bem como as previsões meteorológicas
são incapazes de determinar
qual será a direção do vento:

toma o leme que pende das mãos do tempo,
enxerga o verde da paisagem comum,
desarranja a ordem do dia
mirando a ordinária prioridade de restar vivo —
entre pães e papéis de enrolar fumo,
em meio a garrafas vazias e ao escândalo
da construção diária da história —
mesmo que isso nada signifique de novo
mesmo que isso se torne, ao contrário, um imperativo:
pensa que é assim que veremos juntos
o crepúsculo de cada um dos dias sem metafísica.

DESTINAR

É como estar num avião: não há mais nada a fazer
Sérgio Sampaio

O destino não trabalha:
o destino é sem mãos
é cego bêbado
meio sem jeito.
O destino só prepara:
são pés e sem cabeça
coração pâncreas
essas coisas burocráticas.
O destino te envia
tipo carta sem data de ida
de volta remetente
destinatário total libertinagem.
O destino te envia
a você mesmo te envia
todo dia tem envio
todo dia urge ser feito dia
porque destino não tem mãos
e os seus pés são cegos moucos

então só resta a ocasião o ocaso
a circunstância e os pés no chão.
Os pés humanos
esses únicos que decidem
caminhar
os que tem mão cabeça coração
ai pobre coitado antes não ter que ser assim —

todo dia uma escolha
toda página querendo escrita —
a escrita intransferível
a rubrica.

POESIA INFINDA

A poesia, infinda que é,
mantém-se, entretanto, finita
em cada boca que a pronuncia.

Onde acaba o poema? Onde acaba o poema.
Quando acaba o poema? Quando acaba o poema.
Por que acaba o poema? Porque acaba o poema.

Impresso em papel polen soft,
tipologia Weidemann Std 12/16, no inverno de 2021.